AF313461

EXPOSITION

le Vendredi 20 Décembre 1895

Salle N° 7

DE DESSINS, TABLEAUX

Aquarelles, Lithographies

de

BREAUTÉ, CAPY MARCEL, E. COTTIN, DE FEURE
DE L'HAY-MICHEL, DELCUS, ETIENNE MARIUS
FORAIN, GARAT, GIVRY, GRAVELLE
GUYS CONSTANTIN HEIDEBRINCK LACROIX, LUNEL
LUCE, MAURIN, J. F. MILLET, OGÉ
PILLE H. PUVIS DE CHAVANNES, RAFFAELLI
RAMUS, ROEDEL, SOMM H. STEINLEN
VIARDOT, WILLETTE

et dont la vente aura lieu le

Samedi 21 Décembre 1895

MÊME SALLE

par le Ministère de M.° GUILLET

Commissaire-priseur

5, Rue Fénelon

Assisté de M. GUÉRIN, peintre-expert

10, Rue Eugène-Sue

CHEZ LESQUELS ON TROUVE LE CATALOGUE

CONDITIONS DE LA VENTE

La vente sera faite *expressément* au comptant.

Les acquéreurs paieront en sus des adjudications *cinq pour cent*.

L'exposition mettant le public à même de se rendre compte de l'état des objets, il ne sera admis aucune réclamation une fois l'adjudication prononcée.

De Montmartre

A l'Hôtel-des-Ventes

Si ce fut loin de m'être une déplaisante besogne que de tracer en tête d'un catalogue de vente de braves lignes, exemptes d'ailleurs de toute candidature au bouffon pontificat de censeur — assez de malencontreux pétaradent sur la rossinante fourbue de la critique d'art — c'est qu'il m'a souri d'accompagner jusqu'à la porte des camarades d'esprit, ou des amis que j'aime d'une admirative amitié : c'est que le caractère de cette vente me fut une séduisante incitation ; c'est que l'œuvre proposée au goût des chercheurs palpite d'une vie que j'ai accompagné de vivre : j'y ai reconnu l'âme de Montmartre.

Avec son arrière-plan où s'estompe la lointaine silhouette de la Butte, avec sa petite « femme d'artiste » qui, trottineuse et dégringolante, modeste d'attifement et gracieuse d'allure, porte à ce glouton de Paris les deux ébauches sacrifiées pour le terme. l'affiche de Roedel le proclame ; e. ce catalogue le confirme : cette fois, ce n'est ni Vaugirard, ni Montrouge, ni le Luxembourg, ni l'avenue de Villiers qui convient l'amateur : C'est Montmartre s'offrant au baiser avec cette pointe de malicieuse effronterie qui lui sied à miracle. Et cette seule assurance fera que, samedi prochain, la septième salle de vente sera trop étroite, chapelle envahie de fervents qui se disputeront un pan de Montmartre, si radieux est le prestige de la haute cité s'affirmant soi-même, par une adorable forfanterie, le cerveau du monde.

C'est que Montmartre exerce sur Paris cette même halliciante attirance que Paris exerce sur l'univers. Singulier village, en effet, où les rubans rouges fleurissent aux boutonnières de vestons râpés, où des célébrités promises aux gloires perennelles se promènent en sabots et sont tutoyées par des petites femmes de quatre sous, où des enfants de vingt ans rêvent de violer l'immor-mortalité dès qu'ils ont une palette, un crayon, une plume dans les doigts, où l'on respecte ce que le monde dédaigne, ou l'on méprise ce qui est partout adoré, où les gens n'en font qu'à leur tête, tenant la joie en grand honneur, haïssant les prédicats des puritains, heureux de vivre d'une triple existence de gaité, d'amour et de fécondation intellectuelle. Montmartre, c'est le sourire de Paris. Par sa coquetterie, Montmartre est un peu femme. De la femme il a les apparents caprices motivés en réalité par de profonds états d'âme, les emballements fantasques et les soudains reculs, les perversions naïves et les innocences raffinées ; il en a l'horreur pour les tristesses conventionnelles, l'aversion des contraintes, l'emme qui ne se veut donner à personne et se montre accorte pour tous ; incroyante qui laisse poser sur son front la dure calotte du Sacré-Cœur à cause de son aérienne dentelle d'écha-faudages, quitte, un beau jour à se pendre aux cordes de la Savoyarde, pour sonner quelque tocsin : incapable des abjectes fureurs qui affolent d'autres multitudes, mais très capable de monter sur une barricade ; enjouée, serviable, fraternelle et gardant par dessus tout cette coquetterie qui est la forme visible d'une merveilleuse délicatesse de sentiment et du culte qu'elle a pour soi-même. C'est ainsi que les gueux de Montmartre sont d'aspect moins lamentable que les autres : ses pierreuses, par un ruban, par un rien de chiffons se gardent des irrémédiables déca-dences.

Pour sa liberté d'attitude, pour sa démarche fière, pour son indépendance dans la rue, Montmartre a été calomnié, exploité. Les mercantis, en nuées, se sont abattus sur la colline, buses attirées par l'odeur de viande fraîche, et ils ont frappé monnaie avec l'esprit, le cœur et l'âme de ses artistes ou de ses écrivains. Le Quartier Latin, par bandes, vient y chercher dans la gloire de ses guinguettes poussées sur la butte comme des champignons parasites, l'oubli du morne désœuvrement qui ronge la jeunesse studieuse. Le soir, les magasins de nouveauté, les banques et les ministères dégorgent leurs employés qui pèlerinent le long de la rue des Martyrs pour aller « rigoler, chahuter » à Montmartre.

Hélas ! on n'y « rigole » pas toujours. Partis les régiments de pignoufs qui arrivent la bouche fendue jusqu'aux oreilles pensant qu'il est indispensable de se montrer drôles — Ah ! les drôles — dès qu'on met le pied sur le boulevard Rochechouart, disparues les gueuses montées pour voir des têtes de poètes — les artistes restent et luttent. Et la lutte est âpre — non pas seulement cette lutte pour l'enfantement de l'œuvre, cette bataille pour la gloire dont leur virilité ne se lasse qu'au jour où ils tombent, mais le struggle, le formidable struggle pour la vie, pour le pain quotidien, pour la becquée qu'il faut apporter à l'amante ou à la femme. C'est dans les transes d'un fournisseur à apaiser, d'un propriétaire à gaver, d'un épicier à éviter que travaille souvent l'artiste de Montmartre. Paris ne le voit qu'au cabaret artistique et prend sa fierté pour de l'insouciance, sa gaîté pour l'exubérance d'une frivolité sans but. Cependant, l'artiste songe peut-être au papier timbré reçu dans la journée.

C'est un groupe de ces artistes — peintres, dessinateurs, aquarellistes, graveurs — qui samedi prochain, garnira les murs de la salle 7. Ils descendent de Montmartre, fraternellement, l'un portant l'autre : car dans la liste qui compose ce catalogue, il est des noms parvenus à la célébrité ; il en est d'autres que les amateurs commencent à estimer ; il en est enfin qui sont encore aux premier pas sur le chemin de la notoriété. « Arrivés » ou non, tous sont fidèles à Montmartre. Là ils ont travaillé ; là ils ont vécu. Et les simples esquisses qui représentent quelques-uns d'entre eux, gardent le reflet de la pensée inquiète saisie au vol, portent la trace de l'inspiration fougueuse du premier jet, avouent un souci d'embarras matériel qui se marie étroitement au souci de l'œuvre à créer : peut-être ces ébauches, ces esquisses fiévreusement jetées sur la toile ou le papier par l'artiste tout vibrant, de la lutte immédiate sont-elles plus précieuses, donnent-elles une indication d'art plus vivant, comportent-elles une philosophie plus haute, plus noble que l'œuvre lentement parachevée dans le repos de la vie et de l'imagination.

Cette façon de préface devrait s'arrêter ici, laissant au catalogue le soin d'énumérer les artistes qui composent cette vente. Mais, parcourant la liste, je rencontre des noms que je n'ai pas le courage de ne pas saluer au passage. Ah! Mᵉ Guillet le commissaire-priseur ne s'ennuiera pas, ni M. Cuerel, le sympathique expert. C'est bien Montmartre, en ses plus franches initiatives, en ses gloires et ses espérances qui sera représenté à la septième saile. Je cite au hasard de ma mémoire et sans aucun ordre préconçu : Willette, le chantre le plus complet de Montmartre parceque plus que tout autre il adore sa patrie d'élection, qu'il l'a étudiée avec un soin jaloux et qu'il la voit avec des yeux d'amant presque autant qu'avec son génie d'artiste; Willette qui aura élevé à la gloire de Montmartre un indestructible monument de grâce, de malice et de charme, poète en qui s'incarnent les rêveries, les révoltes, les pitiés et les inquiétudes de la colline.

Voici Rœdel, ce brave cœur, ce crayon alerte, un enfant de la balle, poussé au pied du moulin de la Galette, Montmartrois pur sang : sa première affiche faite pour cette vente est une page qui dit ce que pourra faire cet ouvrier consommé de la litho, cet artiste qui, bientôt, en une œuvre qu'il ne me convient pas de déflorer, donnera des synthèses par quoi bien des gens seront étonnés. Voici Henri Pille, ce prodigieux érudit dont la magie d'évocation produit de si merveilleuses restitutions des époques mortes ; Luce, le lumineux coloriste dont certaines toiles m'ont saisi d'admiration, tant la lumière puissante coule à flots de son pinceau trop discuté; Forain le satirique vengeur; Lunel, peintre des féminines élégances, et si curieux observateur des paysages urbains ; voici un croquis du maître Puvis de Chavannes, des Raffaëlli, des dessins de Steinlen, des lithographies de O. Merson, voici Viardot, peintre de doux paysages, et Truchet, Somm, Étienne Marius qui donne de délicates aquarelles, de Feurre. F. Lacroix, Constantin Guys, Givry, Marcel Capy, Gravelle ; voici encore Maurin, ce crayon solide, ce fort et harmonieux observateur ; qui encore? Bréauté dont les toiles largement brossées et, en même temps poussées jusqu'à l'élégance raffinée ne sont plus à louer ; Delcus, un décorateur qui fera parler de lui : Garat que nul ne connait aujourd'hui et dont, avant peu, il sera de mode d'admirer les aquarelles traitées avec un si profond sentiment d'un Paris moderne, baignées de mélancolie, suggestives de visions aigues.

Si j'en ai passé, que ceux-là m'excusent. J'ai simplement laissé courir la plume sans rien vouloir préjuger ou établir, heureux s j'ai fait entendre que la vente ici annoncée échappe aux appréciations usuelles par son caractère particulier : Montmartre descend à l'Hôtel ; il n'a laissé là-haut ni ses défauts ni ses qualités. Cela seul importait à établir. Si l'on me reproche de m'y être un peu longuement complu, je répondrai qu'on devient facilement prolixe dès qu'il s'agit de la haute cité ; et paraphrasant un mot célèbre, je me défendrai en répétant : « Que voulez-vous, ce n'est pas qu'on tienne à Montmartre, c'est ce diable de Montmartre qui vous tient. »

Michel ZÉVACO.

DESSINS

ATALAYA

1 — Le square du Ranelagh.

BENASSIT

2 — Episode de la guerre 1870.

E. COTTIN

3 — Idylle interrompue.
4 — Soulagement.

LEON FAUCHÉ

5 — Dessin rehaussé d'aquarelle.

FORAIN

6 — Dessin à la plume.

GRAVELLE

7 — Cha! c'hest peut'être un héritage, à moins que cha choit un prochài.

8 — 2 dessins originaux l'état naturel.

9 — Le gêneur.

10 — Bouffe galette.

HENRI DE GROUX

11 — Le fossoyeur des morts.

CONSTANTIN GUYS

12 — 10 dessins.

HEIDEBRINCK

13 — Divers croquis.

14 — A la campagne.

LEO HERMANN

15 — Confidences.

16 — Gentilhomme.

LUNEL

17 — Jour de Noël.

J. F. MILLET

18 — Étude de mains.

JULES NOEL

OGÉ

H. PILLE

39 — Auberge au moyen âge.

40 — Le crieur public.

41 — Dessin rehaussé d'aquarelle.

PUVIS DE CHAVANNES

42 — Dessin esquisse du panneau décoratif de la
Sorbonne.

RAFFAELLI

43 — Conversation entre 4 personnages.

REDON

44 — Dessin mine de plomb tête de femme.

45 — Dessin au fusain.

H. RIVIÈRE

46 — Dessin à l'encre de chine.

A. ROEDEL

47 — Songeuse.

48 — Entre esthètes.

49 — Marianne et les rois. — Quel est l'ancien qui
me reprendras ? chœur des anciens amants :
Pas moi tu te coiffes trop mal.

50 — Novembre.

51 — Naïveté.

52 — La province au salon.

53 — Souvenir de Londres.

54 — Doux langage.

55 — Reine à vau l'eau.

56 — Les anges sont blonds.

57 — Baigneuses.

58 — Chrysanthèmes.

59 — Volubilis.

60 — Nénuphars.

61 — Auberge de la Souris.

62 — En octobre pour être modèle, il faut avoir du
     poële aux pattes.

63 — Au Palais de glace.

64 — Messieurs v'la Arton qui arrive sauve qui peut.

65 — Monstres anciens et monstres modernes.

STEINLEN

66 — Dessin à la plume.

G. TIRET BOIGNET

67 — Souvenir des manœuvres en Silésie.

G. VIARDOT

68 — Portrait de Mlle Cassive.

69 — Dessin rehaussé d'aquarelle.

A. WILLETTE

70 — Ah! pour mes étrennes tirez moi ça.

71 — Souvenir de Fourmies.

72 — Gavroche : Maman ! v'la tes nouveaux consei-
lers. — Paris : Dieu qu'ils sont laids.

73 — La France, — Je suis dégoutée de ce bonnet
de galérien : j'ai bien envie de reprendre la
croix de ma mère et la couronne de mes rois.

74 — A feu Bertal.

75 — Il y la femme et il y a des hommes.

76 — Vendanges.

77 — Pudeur bourgeoise.

78 — Le petit chaperon rouge, éventail.

79 — Divers croquis.

80 — Fête à l'Opéra.

81 — Dessin au crayon bleu. Jules Roque demande,
etc.

Ed. YON

82 — Au bord de l'eau.

AQUARELLES

BENASSIT

83 — En reconnaissance.

CICÈRI

84 — Vue de Fontainebleau.

L. DELCUS

85 — Automne   Forêt de Fontainebleau
86 — Gorge aux Loups   —
87 — Juillet.   —
88 — Étude.   —
89 — Plateau de la Mare aux fées   —
90 — La Mare aux Fées.   —
91 — Le versant de la mare aux fées, route de Marlotte.

92 — La route de Greez.

93 — Le moulin de Couilly-sur-Morin.

ETIENNE MARIUS

94 — Marine.

95 — Le Moulin de la Galette?

96 — Vue de Montmartre.

97 — Anvers.

98 — Chrysanthèmes.

99 — Japonaise.

FRANCIS GARAT

100 — Marchande de frites aux fortifs.

101 — Les fortifications jour de pluie.

102 — Retour du bois.

103 — Les manœuvres.

104 — L'hôtel-de-Ville.

105 — Côtes de Bretagne jour d'orage.

106 — La colonne Morris.

107 — Place du grand théâtre. (Bordeaux).

108 — 6 vues de Barcelone.

109 — Boulevard des Batignolles.

110 — Le Trocadéro.

111 — Le Palais Bourbon.

112 — La rue de Clichy,

113 — En vedette.

114 — Fontaine Saint-Michel.

115 — 4 sujets Louis XV formant aravent.

116 — La fruitière.

117 — La porte Ornano.

118 — Sur les toits.

119 — La misère.

120 — 6 vues des fortifications.

121 — La Seine à St-Denis.

122 — Le 14 juillet.

123 — La roulotte.

124 — Jour de pluie.

125 — Lendemain de fête.

126 — Le parc Monceau.

127 — Rue de l'Abreuvoir.

128 — Notre-Dame.

129 — Avenue de l'Opéra.

130 — Théâtre Français.

131 — La porte St-Ouen.

132 — Porte St-Denis.

GIVRY

133 — La chasse.

134 — Entrée de village.

135 — La laveuse.

136 — Vue de St-Lô.

137 — Le petit bras de la Seine.

138 — Cabourg.

139 — Vue de Normandie.

140 — Pêcheur (Le Tréport).

141 — Le Ponton de Grenelle.

142 — Le Ponton des St-Péres.

143 — La Gare de St-Leu.

 44 — Le Tréport.

145 — Passy.

146 — La Halle aux Vins.

147 — Pontoise.

148 — Taverny.

149 — Pommier en plein champ.

150 — La plage au Tréport.

151 — Pécheuse de crevettes.

152 — Forêt de Montmorency.

153 — Sous bois, St-Leu.

154 — La hougue.

155 — Les champs St-Leu.

156 — Bords de l'Oise.

157 — Fontainebleau.

158 — La gardeuse d'oies.

159 — Le ru à St-Leu.

160 — Soir d'Automne.

161 — La Tamise à Londres.

HERVIER

162 — Village normand.

MYRBACH

163 — Deux hommes causent sur une terrasse.

164 — Homme et femme dans un jardin.

NAVLET

165 — Les tristes nuits de la guerre de 1870. Halte
des enfants du peuple.

166 — Le mariage au tambour.

H. SOMM

167 — Cours du soir.

168 — La Rosse.

169 — La bicycliste.

170 — Au Casino.

161 — Parisienne et Japonaise.

172 — Effet de nuit.

WUTZ

173 — Tambourin.

DE FEURE

174 — Le diable rouge. (Gouache).

TABLEAUX

BRÉAUTÉ

MARCEL CAPY

192 — La petite marchande de fleurs.

193 — La Seine à Saint-Ouen.

ETIENNE MARIUS

194 — Marine.

195 — La Seine à Meulan.

GIVRY

196 — Billancourt,

197 — La ligne du Nord à Saint-Leu.

198 — L'Oise à Meriel.

199 — Le Point du jour.

200 — Le viaduc d'Auteuil.

F. LACROIX

201 — La Seine à Epinay.

202 — Au café.

203 — Etude de femme.

204 — Cavalier seul.

DE L'HAY (Michel)

205 — A la grenouille Granville Manche.

206 — La Richardière.

207 — Plage de Donville.

208 — Granville par l'orage.

209 — Départ de bateaux pêcheurs.

210 — Les Carrières de Donville.

211 — Les frênes à Donville.

RAMUS

212 — Vieux saules à Valmondois.   .
213 — Le Moulin Babiche à Couilly.
214 — Les Petits toits rouges Mondguillon
215 — Derrière Pont-aux-Dames (S.-et-M.)

ABEL TRUCHET

216 — 4 vues de Berneval.
217 — La fête à Vilaines.

G. VIARDOT

218 — Environs de Fontenay-sous-Bois.
219 — Etude décorative.
220 — Bas Meudon le soir.

PASTELS

LOUIS COLIN

221 — Paysage d'hiver.

F. LACROIX

222 — Femme couchée.
223 — Portrait de femme.

224 — Etude.

225 — Effet de neige.

LUCE

226 — Etude de femme.

227 — 2 Paysages.

MAURIN

228 — Divers Pastels.

PIERRE PRINS

229 — Champ de blé meule **au** fond

RICHARD RAUFT

230 — Chemin bordé de maisonnettes.

LITHOGRAPHIES

GRASSET

231 — Litho en couleurs.

O. MERSON

232 — L'enfant prodigue.

OGÉ

233 — Lithographie rehaussé de couleurs Salon 1895

234 — La vie est insensible (épreuve unique).

235 — La communion, litho rehaussé de crayons de
de couleurs.

ROEDEL

236 — La nuque.

237 — Tête de femme.

CARRIÈRE

238 — Tête de femme.

AFFICHES

CHÉRET

239 — 4 affiches formant paravent.

ROEDEL

240 — La série des programmes du centenaire de la
litho raphie sur japon croquis en marge.

241 — Affiche du centenaire de la lithographie avec
état en couleurs.

242 — Affiche de la vente.

243 — Objets omis au catalogue.

9 782329 365626